Mi domicilio glo

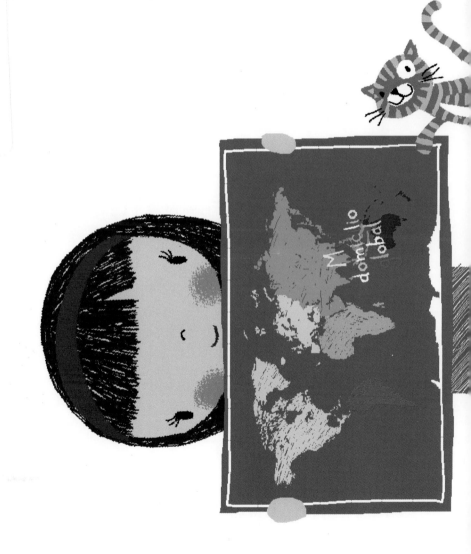

Yo vivo en una casa.

Mi casa está en una calle.

Yo vivo en una calle.

Mi calle está en un vecindario.

Yo vivo en un vecindario.

Mi vecindario está en una ciudad.

Yo vivo en una ciudad.

Mi ciudad

Mi ciudad está en un estado.

Mi estado está en un país.

EE UU

Yo vivo en un país.

Mi país está en un continente.

Yo vivo en un continente.

← Mi continente

Mi continente es parte del mundo.

Mi mundo es el planeta Tierra.